VENTE

PAR SUITE DE DÉCÈS

DE

150 TABLEAUX

ANCIENS

ÉCOLE FRANÇAISE

Hubert-Robert, de Machy, Schall
Senave, Duplessis, F. Eisen, Juliard, Charpentier, Benard
de Bar, Girodet, etc.

ÉCOLES FLAMANDE ET HOLLANDAISE

D. van Delen, M. Naiveu
M. van Hellemont, C. Dussart, Brackenburg, vanden Bosch
Kalf, J. Verkolié, M. Carré, P. Neeffs, Huysmans
Maes, Horemans, vander Loeuw, etc.

HOTEL DROUOT

SALLE N° 9

Le Jeudi 2 Avril 1874

A UNE HEURE ET DEMIE

Par le ministère de M° **ESCRIBE**, Commissaire-Priseur,
rue de Hanovre, 6,
Assisté de MM. **DHIOS** et **GEORGE**, Experts, rue Le Peletier, 33.

EXPOSITION PUBLIQUE

LE MERCREDI 1er AVRIL 1874

—

PARIS — 1874

Vᵉ RENOU, MAULDE et COCK

IMPRIMEURS DE LA COMPAGNIE DES COMMISSAIRES-PRISEURS

Rue de Rivoli, 144

VENTE

PAR SUITE DE DÉCÈS

DE

150 TABLEAUX

ANCIENS

ÉCOLE FRANÇAISE

Hubert-Robert, de Machy, Schall
Senave, Duplessis, F. Eisen, Juliard, Charpentier, Bonard
de Bar, Girodet, etc.

ÉCOLES FLAMANDE ET HOLLANDAISE

D. van Delen, M. Naiveu
M. van Hollemont, C. Dussart, Brackenburg, vanden Bosch
Kalf, J. Verkolié, M. Carré, P. Neeffs, Huysmans
Maes, Horemans, vander Leeuw, etc.

HOTEL DROUOT

SALLE N° 9

Le Jeudi 2 Avril 1874

A UNE HEURE ET DEMIE

Par le ministère de **M° ESCRIBE**, Commissaire-Priseur,
rue de Hanovre, 6,
Assisté de **MM. DHIOS** et **GEORGE**, Experts, rue Le Peletier, 33.

EXPOSITION PUBLIQUE

LE MERCREDI 1ᵉʳ AVRIL 1874

PARIS — 1874

CONDITIONS DE LA VENTE

Elle sera faite expressément au comptant.

Les Acquéreurs paieront CINQ CENTIMES PAR FRANC en sus des enchères.

DÉSIGNATION

DES

TABLEAUX

14 — BOSSCHE (B. Van den). Récréation dans un parc. Nombreuses figures.

15 — BRACKENBURG (R.). Scène d'intérieur.

16 —   ID.   Scène d'intérieur avec quinze figures.

17 —   ID.   La Consultation.

18 — BRAUWER (Attribué à). Rixe.

19 — BRAMER (L.). Corps-de-garde.

20 — BREDAEL (Van). L'Abreuvoir.

21 — BREECKELINCAMP. Cuisinière préparant un veau.

22 — CARRÉ (Michel). Bestiaux au bord d'une rivière

23 — CHARPENTIER. Le Repos du chasseur.

24 —   ID.   Le petit Savoyard.

25 — CHARDIN (Genre de). La Cuisinière.

26 — CONINXLOO. La Vierge et l'Enfant.

27 — COXCIE (Michel). Vierge et Enfant.

28 — CUYP (Attribué à A.). Repos des bergers.

29 — CUYP (École de). Cheval et Chèvres dans un hangar.

30 — DELEN (Dirk Van), 1645. Palais d'une riche architecture et figures. Beau tableau de l'artiste.

31 — DE MACHY. Vue de la colonnade du Louvre, avec nombreux personnages en costumes Louis XVI.

32 — DIEPENBEEK. Suzanne et les Vieillards.

33 — DE MARNE. Fête de village.

34 — DIAZ (Signé N.). Chevaux à la rivière.

35 — DUMESNIL (M.). La Lecture.

36 — DUPLESSIS (M.-H.). Cavaliers, Pâtres et Bestiaux au milieu de ruines. Belle qualité.

37 — DUSSART (C.). Fête flamande : le Charivari.

38 — EISEN (François), 1770. Daniel dans la fosse aux lions. Signé.

39 — EISEN (Attribué à Charles). La Blanchisseuse.

40 — ELZHEIMER. Ermite écrivant.

41 — FLINCK (Govaert). Portrait d'enfant conduisant un mouton.

42 — GAVARNI. Gouache.

43 — GIRODET-TRIOSON. Sommeil d'Eudymion.

44 — GORP (Van), d'après Raphaël. Deux Copies dans des cadres sculptés.

45 — GLAUBER. Danse de Nymphes.

46 — GONZALÈS (Signé). Médecin hollandais et sa famille.

47 — GRANDVILLE. Chat et Souris, deux pendants. Peintures à l'huile.

48 — GRANDVILLE, 1833. Dessin à la plume.

49 — HEEMSKERK. Joueurs de tric trac.

50 — HEIL (D. Van). Jeune homme écrivant : Effet de lumière.

51 — HEYDEN (École de Van der). Deux Pendants : Vue de ville et vue d'un château.

52 — HELLEMONT (M. Van). Tabagie flamande. Composition d'une centaine de figures. Signé en toutes lettres.

53 — HOREMANS (Jan). Atelier de peintre. Signé.

54 — HONTHORST (Genre de). Joueurs de dés.

55 — HUBERT-ROBERT. Prédication dans des ruines. Charmant tableau de l'artiste. Signé et daté 1772.

56 — HUGTENBURG (Attribué à). Général donnant des ordres.

57 — HUYSMANS (De Malines). Forêt : Chasseurs au repos.

58 — INCONNU (Signature?). Léda au bain.

59 —   ID.   Marchand de gibier.

60 — JORDAENS. Tête de femme.

61 — JULIARD (N.-J.). Villageoises au bord d'un ruisseau.

62 — KALF (Wilhem). Villageoise au puits.

63 — Kessel (Jan Van). Ville hollandaise et Canal.

64 — Kamphuysen. Trois Chevaux dans une prairie.

65 — Lambrechts. Intérieur de villageois.

66 — Lauri (Filipo). Bacchanale d'enfants.

67 — Ledoux (Mlle). Bacchante.

68 — Leeuw (Gabriel Van der). Le Passage du gué. Signé.

69 — Lingelbach. Intérieur d'estaminet.

70 — Lorrain (École de Cl.). Passage du gué.

71 — Loutherbourg. Bergers au repos.

72 —   Id.   Paysage et Figures.

73 — Maes (J. B.). Portrait de Christian Huygens.

74 — Maes (N.). Servante hollandaise.

75 — Maes (Pierre Van), le vieux. Le Reniement de saint
    Pierre. Signé.

76 — Mans (François). Patineurs.

77 — Miéris (Guillaume). Bergère endormie.

78 — Mommers. Bergers au repos.

79 — Musscher (M. Van). Scène d'intérieur : trois per-
    sonnages.

80 — Milet (Francisque). Paysage historique : Diogène.

81 — Naiveu (Mathieu), 1707. Scène de carnaval : Effet
    de lumière. Signé.

82 — Napolitain (Philippe). Cavalier.

83 — Neeffs (Peeter), le vieux. Intérieur d'église.

84 — Neer (Genre de A. Van der). Marine : Effet de lune.

85 —   Id.   Canal de Hollande.

86 — Ostade (École d'A. Van). Intérieur flamand.

87 — Ostade (Genre de). La Famille du cordonnier.

88 — Peters (B.). Marine.

89 — Poelenburg (C.). Ruines.

90 — Potter (École de P.). Cheval blanc.

91 — Raoux (Attribué à). Vestale.

92 — Rembrandt (D'après). La Famille du menuisier.

93 — Roos (Signé P.), 1676. Marché aux bœufs.

94 — Rottenhamer. Le Bain de Diane.

95 — Ryckaert (David). Le Cordonnier.

96 — Rubens (École de). Animaux à la rivière (Esquisse).

97 — Ruysdael (Attribué à S.). Ville au bord de la mer.

98 — Schalken. Femme à sa fenêtre.

99 — Schall. Jeune Femme dans un parc, tenant une couronne de fleurs.

100 — Slingeland (Attribué à P.). Intérieur de cuisine.

101 — Staveren (Van). Villageois dans une cuisine.

102 — Senave. La Toilette.

103 — Id.   Intérieur de cabaret.

104 — Steen (Attribué à J.). Intérieur : Buveurs.

105 — Swebach. Marche de troupes. Paysage attribué à Bruandet.

106 — Téniers (Abraham). Village : Effet de neige.

107 — Téniers (Attribué à). Le Joueur de cornemuse.

108 — Id.   Le Concert.

109 — Troost (C.). Jeune Femme à sa toilette.

110 — Uden (L. Van). Scène de carnaval : Effet d'hiver.

111 — Verkolié (Jan), 1682. Portrait d'une dame hollandaise. Signé.

112 — Vinci (D'après L. de). Vénus et l'Amour.

113 — Vlieger (S. de). Ville fortifiée au bord de la mer.

114 — Vriès (De). Cabanes ombragées d'arbres.

115 — Watteau (D'après). Pèlerinage à Cythère.

116 — Weenix (J.-B.). Port de mer.

117 — Wils (Signé J. Van). Betsabé au bain.

118 — Wischer (Cornille). Les Vierges folles (Initiales).

119 — Wouwerman (Pierre). Marché aux chevaux.

120 — WOUWERMAN (Genre de Ph.). Deux jolies compositions : le Maréchal-Ferrant et le Coup de l'étrier.

121 — WOUWERMAN (Genre de). Villageois et Cavalier sur un tertre.

122 — C. D. W. (Initiales), 1612. Les Saisons.

123 — J. V. B (Initiales). Vieillard à la fenêtre.

424 — J. G. L (Initiales). Mer calme.

125 — ÉCOLE FRANÇAISE. Scène d'intérieur. Costumes de l'Empire.

126 — ID. Portrait de femme.

127 — ID. L'Alchimiste.

428 — ÉCOLE HOLLANDAISE. La Cuisinière. Signature? et date 1663.

129 — ID. La Lecture de la lettre.

430 — ÉCOLE ITALIENNE. Repos de la sainte Famille. Peinture sur marbre.

131 — Deux Peintures chinoises sur verre.

132 — Par DIVERS. Vingt Tableaux sous ce numéro.

Vve RENOU, MAULDE et COCK, imprs de la Compagnie des Commissaires-Priseurs, rue de Rivoli, 144.   41816